ELLES SONT 300 000 CHAQUE ANNÉE

Discours de la ministre Simone Veil
pour le droit à l'avortement
devant l'Assemblée nationale,
26 novembre 1974

suivi de

ACCÉDER À LA MATERNITÉ VOLONTAIRE

Discours du député Lucien Neuwirth
pour le droit à la contraception
devant l'Assemblée nationale,
1er juillet 1967

Éditions Points

Conseiller littéraire : Ulysse Korolitski

L'éditeur tient à remercier le service Communication
de l'Assemblée nationale et Christophe Bataille
pour leurs aimables contributions.

Sources :
Pour le texte de S. Veil : *Journal officiel*,
Débats parlementaires, Assemblée nationale,
1re séance du 26 novembre 1974.
Pour le texte de L. Neuwirth : *Journal officiel*,
Débats parlementaires, Assemblée nationale,
2e séance du 1er juillet 1967.

ISBN 978-2-7578-1496-3

À la mémoire de Pierre Simon.

Sommaire

• Présentation 9

• Discours de Simone Veil 11

• Chronologie 37

• Présentation 41

• Discours de Lucien Neuwirth 43

• Chronologie 61

« Elles sont 300 000 chaque année »

Discours de la ministre Simone Veil pour le droit à l'avortement devant l'Assemblée nationale, 26 novembre 1974

Magistrate, nommée ministre de la Santé en 1974, Simone Veil entreprend, dès le début du septennat de Valéry Giscard d'Estaing, de défendre un projet de dépénalisation de l'avortement. La pénalisation de l'avortement et les lourdes sanctions encourues depuis 1920 demeurent, dans les années 1970, des verrous solides à la libéralisation de la femme et à la réappropriation sociale de la conception et de la construction de la famille. Soutenue par le président de la République, les socialistes et les communistes, Simone Veil fait face à l'opposition de la majorité des giscardiens, des gaullistes et des centristes. Rarement, sous la cinquième République, les débats furent aussi houleux et les mises en cause personnelles aussi violentes envers un dirigeant en raison de ses choix politiques. Par prudence, il est prévu que la loi sera réexaminée cinq ans plus tard. En 1979, une nouvelle fois sans l'appui de la majorité, Simone Veil voit son projet difficilement mais définitivement adopté.

Discours de Simone Veil

Mme Simone Veil, *ministre de la Santé* : Monsieur le président, mesdames, messieurs, si j'interviens aujourd'hui à cette tribune, ministre de la Santé, femme et non-parlementaire, pour proposer aux élus de la nation une profonde modification de la législation sur l'avortement, croyez bien que c'est avec un profond sentiment d'humilité devant la difficulté du problème, comme devant l'ampleur des résonances qu'il suscite, et en pleine conscience de la gravité des responsabilités que nous allons assumer ensemble.

Mais c'est aussi avec la plus grande conviction que je défendrai un projet longuement réfléchi et délibéré par l'ensemble du Gouvernement, un projet qui, selon les termes mêmes du Président de la République, a pour objet de « mettre fin à une situation de désordre et d'injustice et d'apporter une solution mesurée et humaine à un des problèmes les plus difficiles de notre temps ».

Si le Gouvernement peut aujourd'hui vous présenter un tel projet, c'est grâce à tous ceux d'entre vous – et ils sont nombreux et de tous horizons –

qui, depuis plusieurs années, se sont efforcés de proposer une nouvelle législation, mieux adaptée au consensus social et à la situation de fait que connaît notre pays.

C'est aussi parce que le gouvernement de M. Messmer[1] avait pris la responsabilité de vous soumettre un projet novateur et courageux. Chacun d'entre nous garde en mémoire la très remarquable et émouvante présentation qu'en avait faite M. Jean Taittinger[2].

C'est enfin parce que, au sein d'une commission spéciale présidée par M. Berger, nombreux sont les députés qui ont entendu, pendant de longues heures, les représentants de toutes les familles d'esprit, ainsi que les principales personnalités compétentes en la matière.

Pourtant, d'aucuns s'interrogent encore : une nouvelle loi est-elle vraiment nécessaire ? Pour quelques-uns, les choses sont simples : il existe une loi répressive, il n'y a qu'à l'appliquer. D'autres se demandent pourquoi le Parlement devrait trancher maintenant ces problèmes : nul n'ignore que depuis l'origine, et particulièrement depuis le début du siècle, la loi a toujours été rigoureuse, mais qu'elle n'a été que peu appliquée.

En quoi les choses ont-elles donc changé, qui

1. Pierre Messmer (1916-2007), homme politique, premier Ministre (1972-1974) du Président Pompidou.

2. Jean Taittinger (1923-), député Var, Marne.

oblige à intervenir ? Pourquoi ne pas maintenir le principe et continuer à ne l'appliquer qu'à titre exceptionnel ? Pourquoi consacrer une pratique délictueuse et, ainsi, risquer de l'encourager ? Pourquoi légiférer et couvrir ainsi le laxisme de notre société, favoriser les égoïsmes individuels au lieu de faire revivre une morale de civisme et de rigueur ? Pourquoi risquer d'aggraver un mouvement de dénatalité dangereusement amorcé au lieu de promouvoir une politique familiale généreuse et constructive qui permette à toutes les mères de mettre au monde et d'élever les enfants qu'elles ont conçus ?

Parce que tout nous montre que la question ne se pose pas en ces termes. Croyez-vous que ce gouvernement et celui qui l'a précédé se seraient résolus à élaborer un texte et à vous le proposer s'ils avaient pensé qu'une autre solution était encore possible ?

Nous sommes arrivés à un point où, en ce domaine, les pouvoirs publics ne peuvent plus éluder leurs responsabilités. Tout le démontre : les études et les travaux menés depuis plusieurs années, les auditions de votre commission, l'expérience des autres pays européens. Et la plupart d'entre vous le sentent, qui savent qu'on ne peut empêcher les avortements clandestins et qu'on ne peut non plus appliquer la loi pénale à toutes les femmes qui seraient passibles de ses rigueurs.

Pourquoi donc ne pas continuer à fermer les

yeux ? Parce que la situation actuelle est mauvaise. Je dirai même qu'elle est déplorable et dramatique.

Elle est mauvaise parce que la loi est ouvertement bafouée, pire même, ridiculisée. Lorsque l'écart entre les infractions commises et celles qui sont poursuivies est tel qu'il n'y a plus à proprement parler de répression, c'est le respect des citoyens pour la loi, et donc l'autorité de l'État, qui sont mis en cause.

Lorsque des médecins, dans leurs cabinets, enfreignent la loi et le font connaître publiquement, lorsque les parquets, avant de poursuivre, sont invités à en référer dans chaque cas au ministère de la Justice, lorsque des services sociaux d'organismes publics fournissent à des femmes en détresse les renseignements susceptibles de faciliter une interruption de grossesse, lorsque, aux mêmes fins, sont organisés ouvertement et même par charter des voyages à l'étranger, alors je dis que nous sommes dans une situation de désordre et d'anarchie qui ne peut plus continuer. *(Applaudissements sur divers bancs des républicains indépendants de l'Union des démocrates pour la République, des réformateurs, des centristes et des démocrates sociaux et sur quelques bancs des socialistes et radicaux de gauche.)*

Mais, me direz-vous, pourquoi avoir laissé la situation se dégrader ainsi et pourquoi la tolérer ? Pourquoi ne pas faire respecter la loi ?

Parce que si des médecins, si des personnels sociaux, si même un certain nombre de citoyens participent à ces actions illégales, c'est bien qu'ils s'y sentent contraints ; en opposition parfois avec leurs convictions personnelles, ils se trouvent confrontés à des situations de fait qu'ils ne peuvent méconnaître. Parce qu'en face d'une femme décidée à interrompre sa grossesse, ils savent qu'en refusant leur conseil et leur soutien ils la rejettent dans la solitude et l'angoisse d'un acte perpétré dans les pires conditions, qui risque de la laisser mutilée à jamais. Ils savent que la même femme, si elle a de l'argent, si elle sait s'informer, se rendra dans un pays voisin ou même en France dans certaines cliniques et pourra, sans encourir aucun risque ni aucune pénalité, mettre fin à sa grossesse. Et ces femmes, ce ne sont pas nécessairement les plus immorales ou les plus inconscientes. Elles sont 300 000 chaque année. Ce sont celles que nous côtoyons chaque jour et dont nous ignorons la plupart du temps la détresse et les drames.

C'est à ce désordre qu'il faut mettre fin. C'est cette injustice qu'il convient de faire cesser. Mais comment y parvenir ?

Je le dis avec toute ma conviction : l'avortement doit rester l'exception, l'ultime recours pour des situations sans issue. Mais comment le tolérer sans qu'il perde ce caractère d'exception, sans que la société paraisse l'encourager ? Je voudrais tout d'abord vous faire partager une conviction de femme – je m'excuse de le faire devant cette Assemblée presque exclusivement composée d'hommes : aucune femme ne recourt de gaieté de cœur à l'avortement. Il suffit d'écouter les femmes.

(Applaudissements sur divers bancs de l'Union des démocrates pour la République, des républicains indépendants, des réformateurs, des centristes et des démocrates sociaux et sur quelques bancs des socialistes et radicaux de gauche.)

C'est toujours un drame et cela restera toujours un drame.

C'est pourquoi, si le projet qui vous est présenté tient compte de la situation de fait existante, s'il admet la possibilité d'une interruption de grossesse, c'est pour la contrôler et, autant que possible, en dissuader la femme.

Nous pensons ainsi répondre au désir conscient ou inconscient de toutes les femmes qui se trouvent dans cette situation d'angoisse, si bien décrite et analysée par certaines des personnalités que votre commission spéciale a entendues au cours de l'automne 1973.

Actuellement, celles qui se trouvent dans cette situation de détresse, qui s'en préoccupe ? La loi les rejette non seulement dans l'opprobre, la honte et la solitude, mais aussi dans l'anonymat et l'angoisse des poursuites. Contraintes de cacher leur état, trop souvent elles ne trouvent personne pour les écouter, les éclairer et leur apporter un appui et une protection.

Parmi ceux qui combattent aujourd'hui une éventuelle modification de la loi répressive, combien sont-ils qui se sont préoccupés d'aider ces femmes dans leur détresse ? Combien sont-ils ceux qui, au-delà de ce qu'ils jugent comme une faute, ont su manifester aux jeunes mères célibataires la compréhension et l'appui moral dont elles avaient grand besoin ? *(Applaudissement sur divers bancs de l'Union des démocrates pour la République, des républicains indépendants et sur quelques bancs des socialistes et radicaux de gauche).*

Je sais qu'il en existe et je me garderai de généraliser. Je n'ignore pas l'action de ceux qui, profondément conscients de leurs responsabilités, font tout ce qui est à leur portée pour permettre à ces femmes d'assumer leur maternité. Nous aiderons leur entreprise ; nous ferons appel à eux pour nous aider à assurer les consultations sociales prévues par la loi.

Mais la sollicitude et l'aide, lorsqu'elles existent, ne suffisent pas toujours à dissuader. Certes, les difficultés auxquelles sont confrontées les femmes sont parfois moins graves qu'elles ne les perçoivent. Certaines peuvent être dédramatisées et surmontées ; mais d'autres demeurent qui font que certaines femmes se sentent acculées à une situation sans autre issue que le suicide, la ruine de leur équilibre familial ou le malheur de leurs enfants.

C'est là, hélas ! la plus fréquente des réalités, bien davantage que l'avortement dit « de convenance ». S'il n'en était pas ainsi, croyez-vous que tous les pays, les uns après les autres, auraient été conduits à réformer leur législation en la matière et à admettre que ce qui était hier sévèrement réprimé soit désormais légal ?

Ainsi, conscient d'une situation intolérable pour l'État et injuste aux yeux de la plupart, le Gouvernement a renoncé à la voie de la facilité, celle qui aurait consisté à ne pas intervenir. C'eût été cela le laxisme. Assumant ses responsabilités, il vous soumet un projet de loi réaliste, humaine et juste.

Certains penseront sans doute que notre seule préoccupation a été l'intérêt de la femme, que c'est un texte qui a été élaboré dans cette seule perspective. Il n'y est guère question ni de la société, ou plutôt de la nation, ni du père de l'enfant à naître et moins encore de cet enfant.

Je me garde bien de croire qu'il s'agit d'une affaire individuelle ne concernant que la femme et que la nation n'est pas en cause. Ce problème la concerne au premier chef, mais sous des angles différents et qui ne requièrent pas nécessairement les mêmes solutions.

L'intérêt de la nation, c'est assurément que la France soit jeune, que sa population soit en pleine croissance. Un tel projet, adopté après une loi libéralisant la contraception, ne risque-t-il pas d'entraîner une chute importante de notre taux de natalité qui amorce déjà une baisse inquiétante ?

Ce n'est là ni un fait nouveau, ni une évolution propre à la France : un mouvement de baisse assez régulier des taux de natalité et de fécondité est apparu depuis 1965 dans tous les pays européens, quelle que soit leur législation en matière d'avortement ou même de contraception.

Il serait hasardeux de chercher des causes simples à un phénomène aussi général. Aucune explication ne peut y être apportée au niveau national. Il s'agit d'un fait de civilisation révélateur de l'époque que nous vivons et qui obéit à des règles complexes que d'ailleurs nous connaissons mal.

Les observations faites dans de nombreux pays étrangers par les démographes ne permettent pas d'affirmer qu'il existe une corrélation démontrée entre une modification de la législation de l'avortement et l'évolution des taux de natalité, et surtout de fécondité.

Il est vrai que l'exemple de la Roumanie semble démentir cette constatation, puisque la décision prise par le gouvernement de ce pays, à la fin de l'année 1966, de revenir sur des dispositions non répressives adoptées dix ans plus tôt a été suivie d'une forte explosion de natalité. Cependant, ce qu'on omet de dire, c'est qu'une baisse non moins spectaculaire s'est produite ensuite, et il est essentiel de remarquer que dans ce pays, où n'existait aucune forme de contraception moderne, l'avortement a été le mode principal de limitation des naissances. L'intervention brutale d'une législation restrictive explique bien dans ce contexte un phénomène qui est demeuré exceptionnel et passager.

Tout laisse à penser que l'adoption du projet de loi n'aura que peu d'effets sur le niveau de la natalité en France, les avortements légaux remplaçant en fait les avortements clandestins, une fois passée une période d'éventuelles oscillations à court terme.

Il n'en reste pas moins que la baisse de notre natalité, si elle est indépendante de l'état de la législation sur l'avortement, est un phénomène inquiétant, à l'égard duquel les pouvoirs publics ont l'impérieux devoir de réagir.

Une des premières réunions du conseil de planification que présidera le Président de la République va être consacrée à un examen d'ensemble des problèmes de la démographie française et des moyens de mettre un frein à une évolution inquiétante pour l'avenir du pays.

Quant à la politique familiale, le Gouvernement a estimé qu'il s'agissait d'un problème distinct de celui de la législation sur l'avortement…

M. Pierre-Charles Krieg[1]. Et financier !

1. Pierre-Charles Krieg (1922-), député UDR, Paris.

Mme la ministre de la Santé.... et qu'il n'y avait pas lieu de lier ces deux problèmes dans la discussion législative.

Cela ne signifie pas qu'il n'y attache pas une extrême importance. Dès vendredi, l'Assemblée aura à délibérer d'un projet de loi tendant à améliorer très sensiblement les allocations servies en matière de frais de garde et les allocations dites d'orphelin, qui sont notamment destinées aux enfants des mères célibataires. Ce projet réformera, en outre, le régime de l'allocation maternité et les conditions d'attribution des prêts aux jeunes ménages.

En ce qui me concerne, je m'apprête à proposer à l'Assemblée divers projets. L'un d'entre eux tend à favoriser l'action des travailleuses familiales en prévoyant leur intervention éventuelle au titre de l'aide sociale. Un autre a pour objet d'améliorer les conditions de fonctionnement et de financement des centres maternels, où sont accueillies les jeunes mères en difficulté pendant leur grossesse et les premiers mois de la vie de leur enfant. J'ai l'intention de faire un effort particulier pour la lutte contre la stérilité, par la suppression du ticket modérateur pour toutes les consultations en cette matière. D'autre part, j'ai demandé à l'INSERM de lancer, dès 1975, une action thématique de recherche sur ce problème de la stérilité qui désespère tant de couples.

Avec M. le garde des Sceaux, je me prépare à

tirer les conclusions du rapport que votre collègue, M. Rivierez, parlementaire en mission, vient de rédiger sur l'adoption. Répondant aux vœux de tant de personnes qui souhaitent adopter un enfant, j'ai décidé d'instituer un Conseil supérieur de l'adoption qui sera chargé de soumettre aux pouvoirs publics toutes suggestions utiles sur ce problème. Enfin et surtout, le Gouvernement s'est publiquement engagé, par la voix de M. Durafour, à entamer dès les toutes prochaines semaines avec les organisations familiales la négociation d'un contrat de progrès dont le contenu sera arrêté d'un commun accord avec les représentants des familles, sur la base de propositions qui seront soumises au Conseil consultatif de la famille que je préside. *(Applaudissements sur plusieurs bancs de l'Union des démocrates pour la République et des républicains indépendants.)*

En réalité, comme le soulignent tous les démographes, ce qui importe, c'est de modifier l'image que se font les Français du nombre idéal d'enfants par couple. Cet objectif est infiniment complexe et la discussion de l'avortement ne saurait se limiter à des mesures financières nécessairement ponctuelles.

Le second absent dans ce projet pour beaucoup d'entre vous sans doute, c'est le père. La décision de l'interruption de grossesse ne devrait pas, chacun le ressent, être prise par la femme seule, mais aussi par son mari ou son compagnon.

Je souhaite, pour ma part, que dans les faits il en soit toujours ainsi et j'approuve la commission de nous avoir proposé une modification en ce sens : mais, comme elle l'a fort bien compris, il n'est pas possible d'instituer en cette matière une obligation juridique.

Enfin, le troisième absent, l'enfant, n'est-ce pas cette promesse de vie que porte en elle la femme ? Je me refuse à entrer dans les discussions scientifiques et philosophiques dont les auditions de la commission ont montré qu'elles posaient un problème insoluble. Plus personne ne conteste maintenant que, sur un plan strictement médical, l'embryon porte en lui définitivement toutes les virtualités de l'être humain qu'il deviendra. Mais il n'est encore qu'un devenir, qui aura à surmonter bien des aléas avant de venir à terme, un fragile chaînon de la transmission de la vie.

Faut-il rappeler que, selon les études de l'Organisation mondiale de la santé, sur cent conceptions, quarante-cinq s'interrompent d'elles-mêmes au cours des deux premières semaines et que, sur cent grossesses au début de la troisième semaine, un quart n'arrive pas à terme, du seul fait de phénomènes naturels ? La seule certitude sur laquelle nous puissions nous appuyer, c'est le fait qu'une femme ne prend pleine conscience qu'elle porte un être vivant qui sera un jour son enfant que lorsqu'elle ressent en elle les premières manifestations de cette vie. Et c'est, sauf pour les femmes qu'anime une profonde conviction religieuse, ce décalage entre ce qui n'est qu'un devenir pour lequel la femme n'éprouve pas encore de sentiment profond et ce qu'est l'enfant dès l'instant de sa naissance qui explique que certaines, qui repousseraient avec horreur l'éventualité monstrueuse de l'infanticide, se résignent à envisager la perspective de l'avortement.

Combien d'entre nous, devant le cas d'un être cher dont l'avenir serait irrémédiablement compromis, n'ont pas eu le sentiment que les principes devaient parfois céder le pas !

Il n'en serait pas de même – c'est évident – si cet acte était véritablement perçu comme un crime analogue aux autres. Certains, parmi ceux qui sont les plus opposés au vote de ce projet, acceptent qu'en fait on n'exerce plus de poursuites et s'opposeraient même avec moins de vigueur au vote d'un texte qui se bornerait à prévoir la suspension des poursuites pénales. C'est donc qu'eux-mêmes perçoivent qu'il s'agit là d'un acte d'une nature particulière, ou, en tout cas, d'un acte qui appelle une solution spécifique.

L'Assemblée ne m'en voudra pas d'avoir abordé longuement cette question. Vous sentez tous que c'est là un point essentiel, sans doute le fond même du débat. Il convenait de l'évoquer avant d'en venir à l'examen du contenu du projet.

En préparant le projet qu'il vous soumet aujourd'hui, le Gouvernement s'est fixé un triple objectif : faire une loi réellement applicable ; faire une loi dissuasive ; faire une loi protectrice.

Ce triple objectif explique l'économie du projet.

Une loi applicable d'abord.

Un examen rigoureux des modalités et des conséquences de la définition de cas dans lesquels serait autorisée l'interruption de grossesse révèle d'insurmontables contradictions.

Si ces conditions sont définies en termes précis – par exemple l'existence de graves menaces pour la santé physique ou mentale de la femme, ou encore, par exemple, les cas de viol ou d'inceste vérifiés par un magistrat –, il est clair que la modification de la législation n'atteindra pas son but quand ces critères seront réellement respectés, puisque la proportion d'interruptions de grossesse pour de tels motifs est faible. Au surplus, l'appréciation de cas éventuels de viol ou d'inceste soulèverait des problèmes de preuve pratiquement insolubles dans un délai adapté à la situation.

Si, au contraire, c'est une définition large qui est donnée – par exemple, le risque pour la santé psychique ou l'équilibre psychologique ou la difficulté des conditions matérielles ou morales d'existence –, il est clair que les médecins ou les commissions qui seraient chargés de décider si ces conditions sont réunies auraient à prendre leur décision sur la base de critères insuffisamment précis pour être objectifs.

Dans de tels systèmes, l'autorisation de pratiquer l'interruption de grossesse n'est en pratique donnée qu'en fonction des conceptions personnelles des médecins ou des commissions en matière d'avortement et ce sont les femmes les moins habiles à trouver le médecin le plus compréhensif ou la commission la plus indulgente qui se trouveront encore dans une situation sans issue.

Pour éviter cette injustice, l'autorisation est donnée dans bien des pays de façon quasi automatique, ce qui rend une telle procédure inutile, tout en laissant à elles-mêmes un certain nombre de femmes qui ne veulent pas encourir l'humiliation de se présenter devant une instance qu'elles ressentent comme un tribunal.

Or, si le législateur est appelé à modifier les textes en vigueur, c'est pour mettre fin aux avortements clandestins qui sont le plus souvent le fait de celles qui, pour des raisons sociales, économiques ou psychologiques, se sentent dans une telle situation de détresse qu'elles sont décidées à mettre fin à leur grossesse dans n'importe quelles conditions. C'est pourquoi, renonçant à une formule plus ou moins ambiguë ou plus ou moins vague, le Gouvernement a estimé préférable d'affronter la réalité et de reconnaître qu'en définitive la décision ultime ne peut être prise que par la femme.

Remettre la décision à la femme, n'est-ce pas contradictoire avec l'objectif de dissuasion, le second des deux que s'assigne ce projet ?

Ce n'est pas un paradoxe que de soutenir qu'une femme sur laquelle pèse l'entière responsabilité de son geste hésitera davantage à l'accomplir que celle qui aurait le sentiment que la décision a été prise à sa place par d'autres.

Le Gouvernement a choisi une solution marquant clairement la responsabilité de la femme parce qu'elle est plus dissuasive au fond qu'une autorisation émanant d'un tiers qui ne serait ou ne deviendrait vite qu'un faux-semblant.

Ce qu'il faut, c'est que cette responsabilité, la femme ne l'exerce pas dans la solitude ou dans l'angoisse.

Tout en évitant d'instituer une procédure qui puisse la détourner d'y avoir recours, le projet prévoit donc diverses consultations qui doivent la conduire à mesurer toute la gravité de la décision qu'elle se propose de prendre.

Le médecin peut jouer ici un rôle capital, d'une part, en informant complètement la femme des risques médicaux de l'interruption de grossesse qui sont maintenant bien connus, et tout spécialement des risques de prématurité de ses enfants futurs, et, d'autre part, en la sensibilisant au problème de la contraception.

Cette tâche de dissuasion et de conseil revient au corps médical de façon privilégiée et je sais pouvoir compter sur l'expérience et le sens de l'humain des médecins pour qu'ils s'efforcent d'établir au cours de ce colloque singulier le dialogue confiant et attentif que les femmes recherchent, parfois même inconsciemment.

Le projet prévoit ensuite une consultation auprès d'un organisme social qui aura pour mission d'écouter la femme, ou le couple lorsqu'il y en a un, de lui laisser exprimer sa détresse, de l'aider à obtenir des aides si cette détresse est financière, de lui faire prendre conscience de la réalité des obstacles qui s'opposent ou semblent s'opposer à l'accueil d'un enfant. Bien des femmes apprendront ainsi à l'occasion de cette consultation qu'elles peuvent accoucher anonymement et gratuitement à l'hôpital et que l'adoption éventuelle de leur enfant peut constituer une solution.

Il va sans dire que nous souhaitons que ces consultations soient les plus diversifiées possible et que, notamment, les organismes qui se sont spécialisés pour aider les jeunes femmes en difficulté puissent continuer à les accueillir et à leur apporter l'aide qui les incite à renoncer à leur projet. Tous ces entretiens auront naturellement lieu seule à seule, et il est bien évident que l'expérience et la psychologie des personnes appelées à accueillir les femmes en détresse pourront contribuer de façon non négligeable à leur apporter un soutien de nature à les faire changer d'avis. Ce sera, en outre, une nouvelle occasion d'évoquer avec la femme le problème de la contraception et la nécessité, dans l'avenir, d'utiliser des moyens contraceptifs pour ne plus jamais avoir à prendre la décision d'interrompre une grossesse pour les cas où la femme ne désirerait pas avoir d'enfant. Cette information en matière de régulation des naissances – qui est la meilleure des dissuasions à l'avortement – nous paraît si essentielle que nous avons prévu d'en faire une obligation, sous peine de fermeture administrative, à la charge des établissements où se feraient les interruptions de grossesse.

Les deux entretiens qu'elle aura eus, ainsi que le délai de réflexion de huit jours qui lui sera imposé, ont paru indispensables pour faire prendre conscience à la femme de ce qu'il ne s'agit pas d'un acte normal ou banal, mais d'une décision grave qui ne peut être prise sans en avoir pesé les conséquences et qu'il convient d'éviter à tout prix. Ce n'est qu'après cette prise de conscience, et dans le cas où la femme n'aurait pas renoncé à sa décision, que l'interruption de grossesse pourrait avoir lieu. Cette intervention ne doit toutefois pas être pratiquée sans de strictes garanties médicales pour la femme elle-même, et c'est le troisième objectif du projet de loi : protéger la femme.

Tout d'abord, l'interruption de grossesse ne peut être que précoce, parce que ses risques physiques et psychiques, qui ne sont jamais nuls, deviennent trop sérieux après la fin de la dixième semaine qui suit la conception pour que l'on permette aux femmes de s'y exposer.

Ensuite, l'interruption de grossesse ne peut être pratiquée que par un médecin, comme c'est la règle dans tous les pays qui ont modifié leur législation dans ce domaine. Mais il va de soi qu'aucun médecin ou auxiliaire médical ne sera jamais tenu d'y participer.

Enfin, pour donner plus de sécurité à la femme, l'intervention ne sera permise qu'en milieu hospitalier, public ou privé.

Il ne faut pas dissimuler que le respect de ces dispositions, que le Gouvernement juge essentielles et qui restent sanctionnées par les pénalités prévues à l'article 317 du Code pénal, maintenues en vigueur à cet égard, implique une sérieuse remise en ordre que le Gouvernement entend mener à bien. Il sera mis fin à des pratiques qui ont reçu récemment une fâcheuse publicité et qui ne pourront plus être tolérées dès lors que les femmes auront la possibilité de recourir légalement à des interventions accomplies dans de réelles conditions de sécurité.

De même, le Gouvernement est décidé à appliquer fermement les dispositions nouvelles qui remplaceront celles de la loi de 1920 en matière de propagande et de publicité. Contrairement à ce qui est dit ici ou là, le projet n'interdit pas de donner des informations sur la loi et sur l'avortement ; il interdit l'incitation à l'avortement par quelque moyen que ce soit, car cette incitation reste inadmissible.

Cette fermeté, le Gouvernement la montrera encore en ne permettant pas que l'interruption de grossesse donne lieu à des profits choquants ; les honoraires et les frais d'hospitalisation ne devront pas dépasser des plafonds fixés par décision administrative en vertu de la législation relative aux prix. Dans le même souci, et pour éviter de tomber dans les abus constatés dans certains pays, les étrangères devront justifier de conditions de résidence pour que leur grossesse puisse être interrompue.

Je voudrais enfin expliquer l'option prise par le Gouvernement, qui a été critiquée par certains, sur le non-remboursement de l'interruption de grossesse par la Sécurité sociale.

Lorsque l'on sait que les soins dentaires, les vaccinations non obligatoires, les verres correcteurs ne sont pas ou sont encore très incomplètement remboursés par la Sécurité sociale, comment faire comprendre que l'interruption de grossesse, soit, elle, remboursée ? *(Mouvements divers.)* Si l'on s'en tient aux principes généraux de la Sécurité sociale, l'interruption de grossesse, lorsqu'elle n'est pas thérapeutique, n'a pas à être prise en charge. Faut-il faire exception à ce principe ? Nous ne le pensons pas, car il nous a paru nécessaire de souligner la gravité d'un acte qui doit rester exceptionnel, même s'il entraîne dans certains cas une charge financière pour les femmes.

Ce qu'il faut, c'est que l'absence de ressources ne puisse pas empêcher une femme de demander une interruption de grossesse lorsque cela se révèle indispensable : c'est pourquoi l'aide médicale a été prévue pour les plus démunies.

Ce qu'il faut aussi, c'est bien marquer la différence entre la contraception qui, lorsque les femmes ne désirent pas un enfant, doit être encouragée par tous les moyens et dont le remboursement par la Sécurité sociale vient d'être décidé, et l'avortement que la société tolère mais qu'elle ne saurait ni prendre en charge ni encourager. *(Très bien : très bien ! sur divers bancs de l'Union des démocrates pour la République.)*

Rares sont les femmes qui ne désirent pas d'enfant ; la maternité fait partie de l'accomplissement de leur vie et celles qui n'ont pas connu ce bonheur en souffrent profondément. Si l'enfant, une fois né, est rarement rejeté et donne à sa mère, avec son premier sourire, les plus grandes joies qu'elle puisse connaître, certaines femmes se sentent incapables, en raison des difficultés très graves qu'elles connaissent à un moment de leur existence, d'apporter à un enfant l'équilibre affectif et la sollicitude qu'elles lui doivent. À ce moment, elles feront tout pour l'éviter ou ne pas le garder. Et personne ne pourra les en empêcher. Mais les mêmes femmes, quelques mois plus tard, leur vie affective ou matérielle s'étant transformée, seront les premières à souhaiter un enfant et deviendront les mères les plus attentives. C'est pour celles-là que nous voulons mettre fin à l'avortement clandestin, auquel elles ne manqueraient pas de recourir, au risque de rester stériles ou atteintes au plus profond d'elles-mêmes.

J'en arrive au terme de mon exposé. Volontairement, j'ai préféré m'expliquer sur la philosophie générale du projet plutôt que sur le détail de ses dispositions que nous examinerons à loisir au cours de la discussion des articles.

Je sais qu'un certain nombre d'entre vous estimeront en conscience qu'ils ne peuvent voter ce texte, pas davantage qu'aucune loi faisant sortir l'avortement de l'interdit et du clandestin.

Ceux-là, j'espère les avoir au moins convaincus que ce projet est le fruit d'une réflexion honnête et approfondie sur tous les aspects du problème et que si le Gouvernement a pris la responsabilité de le soumettre au Parlement, ce n'est qu'après en avoir mesuré la portée immédiate aussi bien que les conséquences futures pour la nation.

Je ne leur en donnerai qu'une preuve, c'est que, usant d'une procédure tout à fait exceptionnelle en matière législative, le Gouvernement vous propose d'en limiter l'application à cinq années. Ainsi dans l'hypothèse où il apparaîtrait au cours de ce laps de temps que la loi que vous auriez votée ne serait plus adaptée à l'évolution démographique ou au progrès médical, le Parlement aurait à se prononcer à nouveau dans cinq ans en tenant compte de ces nouvelles données.

D'autres hésitent encore. Ils sont conscients de la détresse de trop de femmes et souhaitent leur venir en aide ; ils craignent toutefois les effets et les conséquences de la loi. À ceux-ci je veux dire que si la loi est générale et donc abstraite, elle est faite pour s'appliquer à des situations individuelles souvent angoissantes ; que si elle n'interdit plus, elle ne crée aucun droit à l'avortement et que, comme le disait Montesquieu « la nature des lois humaines est d'être soumise à tous les accidents qui arrivent et de varier à mesure que les volontés des hommes changent. Au contraire la nature des lois de la religion est de ne varier jamais. Les lois humaines statuent sur le bien, la religion sur le meilleur ».

C'est bien dans cet esprit que depuis une dizaine d'années, grâce au président de votre commission des lois, avec lequel j'ai eu l'honneur de collaborer lorsqu'il était garde des Sceaux, a été rajeuni et transformé notre prestigieux Code civil. Certains ont craint alors que, en prenant acte d'une nouvelle image de la famille, on ne contribue à la détériorer. Il n'en a rien été et notre pays peut s'honorer d'une législation civile désormais plus juste, plus humaine, mieux adaptée à la société dans laquelle nous vivons. *(Murmures sur divers bancs. – Applaudissements sur de nombreux bancs de l'Union des démocrates pour la République, des républicains indépendants et des réformateurs, des centristes et des démocrates sociaux.)*

Je sais que le problème dont nous débattons aujourd'hui concerne des questions infiniment plus graves et qui troublent beaucoup plus la conscience de chacun. Mais en définitive il s'agit aussi d'un problème de société.

Je voudrais enfin vous dire ceci : au cours de la discussion je défendrai ce texte, au nom du Gouvernement, sans arrière-pensée, et avec toute ma conviction, mais il est vrai que personne ne peut éprouver une satisfaction profonde à défendre un tel texte – le meilleur possible à mon avis – sur un tel sujet : personne n'a jamais contesté et le ministre de la Santé moins que quiconque, que l'avortement soit un échec, quand il n'est pas un drame.

Mais nous ne pouvons plus fermer les yeux sur les 300 000 avortements qui, chaque année, mutilent les femmes de ce pays, qui bafouent nos lois et qui humilient ou traumatisent celles qui y ont recours.

L'histoire nous montre que les grands débats qui ont divisé un moment les Français apparaissent avec le recul du temps comme une étape nécessaire à la formation d'un nouveau consensus social, qui s'inscrit dans la tradition de tolérance et de mesure de notre pays.

Je ne suis pas de ceux et de celles qui redoutent l'avenir.

Les jeunes générations nous surprennent parfois en ce qu'elles diffèrent de nous ; nous les avons nous-mêmes élevées de façon différente de celle dont nous l'avons été. Mais cette jeunesse est courageuse, capable d'enthousiasme et de sacrifices comme les autres. Sachons lui faire confiance pour conserver à la vie sa valeur suprême. *(Applaudissements sur de nombreux bancs des républicains indépendants, de l'Union des démocrates pour la République, des réformateurs, des centristes et des démocrates sociaux et sur quelques bancs des socialistes et radicaux de gauche.)*

Chronologie*

1810 : *le Code pénal qualifie l'avortement de crime, passible de la cour d'assises.*

1920 : *loi nataliste interdisant l'avortement, la contraception et la diffusion de toute information anticonceptionnelle.*

1923 : *loi interdisant l'avortement, qualifié désormais de délit, et prévoyant des peines pour les personnes ayant provoqué l'avortement et celles y ayant eu recours.*

13 juillet 1927 : naissance de Simone Veil à Nice.

1942 : *loi faisant de l'avortement un crime contre la sûreté de l'État, passible de la peine de mort (loi abrogée à la Libération).*

30 juillet 1943 : *exécution de Marie-Louise Giraud, condamnée pour avoir pratiqué l'avortement sur vingt-sept femmes.*

1944-1945 : déportation de Simone Veil aux camps d'Auschwitz puis de Bergen-Belsen.

1945 : inscription à la faculté de droit et à l'Institut d'études politiques de Paris.

---

* Les événements historiques sont présentés en italique.

1955 : *autorisation de l'avortement thérapeutique.*

1956 : entrée de Simone Veil dans la magistrature.

1970 : nommée secrétaire générale du Conseil supérieur de la magistrature.

1971 : *« Manifeste des 343 », dans lequel trois cent quarante-trois femmes célèbres déclarent avoir avorté.*

1972 : *« procès de Bobigny », au cours duquel Gisèle Halimi obtient la relaxe pour la jeune Marie-Claire, seize ans, s'étant fait avorter après avoir été violée.*

1974 : Simone Veil est nommée ministre de la Santé après l'élection de Valéry Giscard d'Estaing (1974-1979), dans les gouvernements Chirac puis Barre.

20 décembre 1974 : *le projet de loi Veil dépénalisant l'avortement est voté par 277 voix contre 192 à l'Assemblée nationale et 185 voix contre 88 au Sénat, malgré l'opposition des deux tiers de la majorité et grâce à l'unanimité de l'opposition.*

17 janvier 1975 : *promulgation de la « loi Veil » dépénalisant l'interruption volontaire de grossesse, pour une durée de cinq ans.*

Juin-juillet 1979 : Simone Veil conduit la liste de l'Union pour la démocratie française (UDF) aux élections européennes.

19 juillet 1979 : élue première présidente du Parlement européen (1979-1982).

31 décembre 1979 : *adoption à l'Assemblée nationale du projet de loi rendant définitives les dispositions de la loi de 1975, par 271 voix contre 201, seuls 70 députés de la majorité sur 290 ayant voté pour.*

31 décembre 1982 : *loi prévoyant le remboursement de l'interruption volontaire de grossesse.*

Juin 1984 : Simone Veil conduit la liste d'union UDF-RPR aux élections européennes, qui obtient 43 % des suffrages.
1984-1989 : présidente du Groupe libéral et démocrate au Parlement européen.
Janvier 1993 : *loi créant le délit d'entrave à l'interruption volontaire de grossesse.*
Mars 1993 : Simone Veil est nommée ministre des Affaires sociales, de la Santé et de la Ville par Jacques Chirac, dans le gouvernement Balladur (1993-1995).
Mars 1998 : membre du Conseil constitutionnel (1998-2007).
20 novembre 2008 : élue au premier tour à l'Académie française, au fauteuil de Pierre Messmer.

« Accéder à la maternité volontaire »

Discours du député Lucien Neuwirth
pour le droit à la contraception
devant l'Assemblée nationale, 1er juillet 1967

Ancien résistant, député gaulliste depuis 1958, Lucien Neuwirth fait très tôt de la libéralisation des moyens de contraception l'un de ses combats. Deux lois avaient pu laisser penser que la voie vers une émancipation complète de la femme s'ouvrait peu à peu : la loi de 1965, permettant à la femme d'exercer une activité professionnelle sans l'autorisation de son mari, et la loi de 1966, instituant le congé maternité de quatorze semaines. Pourtant, en 1967, les esprits sont encore réticents à l'idée d'une maîtrise personnelle de la fécondité, qui engage aussi une certaine idée de la sexualité, de la famille et de la société. Contre les résistances sociales, religieuses et idéologiques, Lucien Neuwirth obtient cependant, après des débats passionnés, le vote de sa proposition de loi autorisant l'utilisation de la pilule, étape essentielle de son débat politique et philosophique qui lui valait déjà le surnom de « Lulu la pilule ».

Discours de Lucien Neuwirth

M. Lucien Neuwirth, *rapporteur.* Mesdames, messieurs, « le nombre des nouveau-nés augmente toutes les fois que grandit l'espoir en une société meilleure. C'est aux heures de lassitude, aux périodes de découragement, au moment où les générations n'ont plus confiance, ni dans le régime qu'elles subissent, ni dans le gouvernement qui les dirige que les statisticiens observent des fléchissements dans la courbe des naissances.

« Ce n'est donc point avec des arrêts de justice ou de la verbosité qu'on fait croître une race. Si l'on veut des nourrissons, il faut que la femme n'envisage pas la grossesse comme une catastrophe et que l'État prépare le berceau avant de réclamer l'enfant.

« Les malheureuses qui, souvent au péril de leur vie, ont recours à l'avortement, ne sont pour la plupart ni des récidivistes du crime qui calculent avec les sanctions prévues par la loi, ni des femmes qui, cédant à une simple fantaisie malsaine, pourraient être intimidées par ses règles. Elles sont presque toutes des infortunées résolues à tout tenter, quelle que soit l'importance du risque, pour échapper à la misère qu'entraînerait, dans un logis déjà surpeuplé, la venue du dernier-né, à la perte d'une place qu'entraînerait une grossesse, ou bien au scandale créé autour de leur nom ».

Mesdames, messieurs, ces propos étaient tenus à cette même tribune le 23 juillet 1920, par un député clairvoyant de l'époque, le docteur Morucci[1]. Commencé à 15 heures, le débat se terminait par un vote à 18 heures. Ainsi était acquis, par 521 voix contre 55, un texte qui devait demeurer inchangé pendant 47 ans.

Qu'était la loi de 1920 ? Indubitablement une loi de circonstance faite pour compenser la terrible hémorragie causée par la Première Guerre mondiale. Cette guerre particulièrement meurtrière entraîna pour la population française de profonds bouleversements. Les mouvements migratoires qui disloquèrent la plupart des familles prirent une ampleur jusque-là inconnue. Tandis que 8 500 000 hommes étaient incorporés dans l'armée, les usines d'armement attiraient dans certaines villes de très nombreux ruraux.

Dans le même temps, le mouvement naturel de la population se trouvait gravement affecté : à la diminution du nombre des mariages et de celui

---

1. Docteur Paul François Morucci (1868-1935), député communiste, Bouches-du-Rhône.

des naissances pendant la guerre s'ajoutèrent, après l'armistice, les effets du nombre accru de divorces qui entraînèrent une chute spectaculaire de la natalité. En 1921, la France, qui avait pourtant retrouvé ses trois départements d'Alsace-Lorraine, mais perdu 1 325 000 hommes jeunes en âge de procréer, ne comptait plus que 37 500 000 habitants, dont 1 417 000 étrangers.

Telle est la situation qui incita nos prédécesseurs à voter la loi du 23 juillet 1920, dans le but de relancer notre natalité. Or cette loi fut, dans ce domaine, un échec complet et indiscutable.

On peut mesurer combien alors notre ancien collègue avait été clairvoyant dans son intervention.

En effet, une vérité d'évidence apparaît à l'étude de notre histoire démographique, surtout celle du dernier quart de siècle : une politique de la natalité se paye car il faut effectivement préparer le berceau avant de réclamer l'enfant.

C'est alors qu'intervient la nécessité d'une politique de la famille qui ne réserve plus la possibilité d'élever convenablement plusieurs enfants aux seules classes privilégiées mais qui assure à chaque couple les moyens de donner à sa famille les dimensions de son choix.

Pour nous, il ne s'agit point de permettre aux Français de ne pas mettre au monde des enfants qu'ils ne désirent pas, mais au contraire de les aider à créer une famille dont il leur appartiendra en propre de fixer l'importance et le rythme d'accroissement en fonction de leurs possibilités.

M. le ministre de l'Économie et des Finances[1] souhaite une jeunesse nombreuse. Moi aussi. Mais qui veut la fin veut les moyens.

Il est établi que le pouvoir d'achat des familles de plusieurs enfants augmente moins vite que celui des familles sans enfants.

Il est établi qu'il est très difficile aux familles de condition modeste d'accéder à de grands appartements, plus spécialement dans les HLM qui en comptent trop peu.

Il est établi que, sans appliquer les principes du quotient familial, le montant des bourses d'études est insuffisant.

Il est établi enfin que l'allocation de salaire unique aujourd'hui est une dérision alors qu'elle constitue la clé de voûte d'une politique véritable de la natalité.

L'incertitude du lendemain, l'insuffisance de l'aide aux familles sont des facteurs primordiaux qui influent sur la courbe démographique.

La contraception diffère les naissances plus qu'elle ne les empêche.

Une politique de la natalité est autre chose qu'un investissement à long terme. Et sa seule

1. Michel Debré (1912-1996), ministre de l'Économie et des Finances dans le gouvernement Pompidou.

forme possible est une politique de la famille et de l'accueil de l'enfant.

Vous trouverez dans mon rapport, dont je ne veux pas vous infliger une fois encore la lecture, un long et minutieux développement qui vous en apportera le témoignage irrécusable.

Nous estimons que l'heure est désormais venue de passer de la maternité accidentelle, et due souvent au seul hasard à une maternité consciente et pleinement responsable.

Ce n'est pas par le seul moyen d'une législation répressive – la preuve en est faite – que nous augmenterons le rythme des naissances.

C'est, au contraire, en offrant à chacun la possibilité d'avoir des enfants quand il le désire, mais aussi la certitude de pouvoir les élever dignement.

D'autre part, il est connu que 30 % des cas de stérilité proviennent de l'avortement. Ainsi, un nombre important de femmes que nous préserverons par la contraception seront capables de devenir mères, alors que cette espérance leur était interdite, car je me permettrai de reprendre à mon compte ce postulat établi depuis quelques années : il convient de substituer la contraception à l'avortement, comme l'avortement s'est substitué à l'infanticide.

De la maternité consciente ou acceptée, nous en arrivons maintenant à la maternité refusée et à sa plus redoutable conséquence : l'avortement.

Sur ce point également, la loi de 1920 est un échec. Mon rapport expose longuement les causes et les effets de l'échec de telles dispositions tant en France qu'à l'étranger. Je n'y reviendrai donc pas à cette tribune.

Cependant, il est nécessaire de dire que la contraception ne réduira pas spectaculairement le nombre des avortements. La contraception s'apprend ; elle impose certaines disciplines et il faudra de nombreuses années et le progrès de la science pour espérer voir un jour s'estomper ce fléau qu'est l'avortement.

Il ne faut pas confondre ni même juxtaposer contraception et avortement. Je me permettrai une image peut-être un peu osée : l'une empêche le train de partir, je dirai même interdit au convoi de se constituer ; l'autre le fait dérailler.

C'est pourquoi je me suis refusé à traiter des deux sujets dans un même texte, ce qui fut l'erreur regrettable de la loi de 1920 faisant apparaître l'un comme le complément naturel de l'autre. Je me dois cependant, à cet égard, de signaler ce qu'a dit le Haut Comité de la population dans l'avis qu'il vient de présenter au Gouvernement.

« Il propose au Gouvernement de redéfinir les hypothèses où l'avortement thérapeutique peut être autorisé et de les étendre à tous les cas où la santé de la mère exige cette intervention. »

Donner la liberté paraît simple. Or celle-ci n'est qu'une illusion si l'on n'assure pas en même temps les conditions de son exercice pour tous, à commencer par les plus humbles, sans pour autant risquer d'apporter des troubles tant pour la société dans laquelle nous vivons que pour ceux qui la composent.

C'est un pas considérable vers une nécessaire amélioration des conditions d'existence de la femme, laquelle a supporté seule, jusqu'à présent, tout le poids de la fécondité.

M. Robert-André Vivien[1]**.** Très bien !

M. Lucien Neuwirth, *rapporteur.* Combien de millions de nos infortunées compagnes ont vécu et vivent encore avec la hantise de certaine période du mois. Certains exaltent, d'ailleurs avec raison, la nécessaire maîtrise de soi de l'homme ; mais il est – hélas ! – bien établi que, lorsque cette maîtrise est défaillante – à supposer que chacun en fasse preuve – c'est la femme qui, seule, en supporte les conséquences, depuis la grossesse jusqu'après l'adolescence de l'enfant, en admettant que tout cela ne se termine pas par l'avortement.

Au cours de ce long et minutieux travail d'étude des propositions de loi que j'ai l'honneur de rapporter, j'ai entendu de nombreuses femmes

1. Robert-André Vivien (1923-1995), député UDR, Val-de-Marne.

et j'ai reçu de nombreuses lettres de femmes retraçant leurs drames lamentables, la recherche d'un médecin « compréhensif », puis, au fil des jours, l'affolement, les demandes pour obtenir une « bonne adresse » et finalement l'avortement clandestin chez une matrone qui faisait payer ses « services » ou, pour les moins fortunées, le fonds du désespoir.

Cependant, toutes étaient terriblement traumatisées car beaucoup de ces avortées ont le sentiment d'être les victimes d'une impardonnable injustice qui les marque physiquement et moralement.

D'autre part, combien de couples sont déséquilibrés pour ne pas connaître une vie intime complète et confiante ! Et pourtant, quoi de plus merveilleux que deux êtres qui affrontent ensemble les combats de la vie et dont le plus bel achèvement est la maternité voulue, attendue, préparée, une maternité qui n'est pas redoutée, refusée ?

Par le vote de la proposition de loi que j'ai l'honneur de vous soumettre, les conditions d'existence de millions de couples seront transformées.

La crainte, en ce qui concerne la contraception, vient aussi du fait que beaucoup de parents redoutent un relâchement des mœurs ; ils redoutent en particulier que, la peur de la grossesse qui maintenait bon gré mal gré certaines jeunes filles dans la voie de la vertu ayant disparu, celles-ci se laissent aller à des expériences répréhensibles et que le mariage ne devienne qu'une expérience après d'autres expériences.

C'est une des raisons pour lesquelles le texte qui vous a été présenté pose des verrous qui demeurent encore une exigence sans négliger ce facteur, indispensable à nos yeux, que sont l'éducation familiale et la responsabilité directe des parents.

Cela posé, il est bien évident que, dans toute collectivité humaine, se trouvent un certain nombre d'éléments perturbés, affligés par une sexualité déréglée, et dont aucune loi au monde ne pourra prévenir les débordements. Cela est vrai pour les garçons comme pour les filles.

Il reste que le problème fondamental est celui d'information, problème d'autant plus difficile qu'il sera nécessaire de toucher pratiquement tous les groupes de la population, et d'abord les enfants, pour lesquels il conviendra d'introduire dans les cours de sciences naturelles les explications relatives à la naissance. L'enfant trouvera alors tout à fait normal d'étudier aussi bien le processus de reproduction des hommes que ceux des poussins ou des poissons.

Cela aura l'immense avantage d'arracher à une clandestinité absurde autant que dangereuse une vérité que trop d'enfants, aujourd'hui encore, découvrent à travers les verres déformants d'une auto-information détestable, glanée dans les cours de récréation ou dans la lecture de brochures vicieuses, complaisamment prêtées par un « grand ».

L'action d'information, la plus délicate, mais aussi la plus utile, concerne les adolescents, au moment où ils cessent d'être des enfants.

Mais, de toute évidence, une action devra aussi être menée auprès des couples sur le plan direct de la contraception et auprès des parents en tant qu'éducateurs.

Qui ne sait en effet l'embarras de la plupart des parents lorsque le moment est venu, comme on dit, de « parler aux enfants » ? La tâche sera plus aisée pour les futurs parents lorsque leur progéniture aura déjà reçu un enseignement approprié. Mais pour l'instant, tel n'est pas le cas.

Il est juste d'indiquer qu'actuellement de nombreux groupements et associations familiaux se sont donné comme mission d'aider, dans ces domaines, couples et parents. Mais leurs moyens sont limités. Il est hautement souhaitable que tous ces organismes conservent leur personnalité qui correspond à des courants soit spirituels, soit sociaux.

Une autre crainte est celle qu'éprouvent les femmes devant les dangers que peuvent présenter la pilule ou les autres contraceptifs.

Cette crainte est d'abord due au fait que n'importe qui a pu raconter n'importe quoi, sans qu'un organisme spécialisé et ayant vocation pour le faire fournisse des informations sérieuses et contrôlées en la matière. C'est là aussi une raison du développement nécessaire de la recherche médicale sur les conséquences de l'utilisation de telle ou telle méthode contraceptive.

On ne peut assimiler la régulation à la limitation des naissances. Il en va différemment dans les pays en voie de développement où l'explosion démographique due pour une grande part à la misère est, de plus, facilitée par la baisse de la mortalité infantile, la disparition des épidémies et des grandes famines qui servaient auparavant d'impitoyables régulateurs.

Un effort colossal est en cours sous les auspices de l'ONU et de l'Organisation mondiale de la santé pour limiter les naissances dans ces pays, car, dans l'état actuel des choses, il faut savoir qu'un enfant sur quatre qui viennent au monde mourra de faim.

Chez nous, il est impossible de continuer à contraindre des malheureuses à l'avortement, à la mutilation, au désespoir et à la névrose. Il apparaît aberrant de laisser des couples se désagréger, se déchirer, alors que la science, sous le contrôle des médecins, met à notre portée les possibilités, non seulement d'éviter des drames, mais aussi d'assurer l'équilibre et le bonheur de millions de couples.

Cette situation ne peut se prolonger dans notre France de 1967, dans cette nation qui a donné la liberté au monde et dont la tolérance est la règle d'or. Se pourrait-il que les tenants de l'état des choses actuel interdisent au peuple réputé intelligent de ce pays de devenir responsable de sa destinée et de celles qui dépendent de la sienne ? Nous ne le croyons pas. Désormais, il existe une prise de conscience indéniable et collective de l'absurdité d'une telle situation.

Le respect de la liberté des consciences est profondément incrusté en nous. C'est pourquoi il est parfaitement admissible que, par conviction morale ou religieuse, on se refuse à utiliser la liberté individuelle. Mais, en vertu même de ce principe, cette possibilité d'utilisation ne doit pas être interdite par la loi comme c'est le cas actuellement, pour tous ceux qui la souhaitent.

En vertu de quel critère démocratique pourrait-on imposer à tous, dans un domaine aussi intime, la volonté de quelques-uns ?

Qu'apporte notre proposition de loi ? Tout d'abord, elle offre à toutes celles qui le désirent la possibilité d'accéder à la maternité volontaire en utilisant des moyens, des objets ou des méthodes que le ministère des Affaires sociales aura estimé susceptibles d'être mis en vente.

Arrivé à ce point de mon propos, je veux m'élever contre la terminologie souvent utilisée pour qualifier la régulation des naissances ou la contraception : la pilule.

Il faut savoir que, dans tous les pays qui pratiquent la contraception, la pilule est employée par moins du quart des adeptes de la régulation, spécialement dans des nations où ce recours se développe profondément, comme aux États-Unis et dans les pays scandinaves.

Quelques chiffres à ce sujet sont intéressants à connaître. Actuellement, utilisent la pilule 6 500 000 Américaines, 600 000 Britanniques, 450 000 Allemandes, 120 000 Belges et 200 000 Françaises, celles-ci bien entendu, conformément à la loi, pour des raisons uniquement thérapeutiques.

En lisant mon rapport, il vous sera possible de connaître les propriétés de la pilule et les différentes variantes qui en existent.

Je veux aborder maintenant une disposition particulièrement contestée, celle qui fait obligation d'avoir recours à une ordonnance médicale. Il ne s'agit pas là, comme certains l'ont dit, d'un transfert de responsabilité du législateur vers le médecin. Au contraire, nous estimons que chaque femme présente un cas physiologique particulier et qu'on ne peut appliquer aux unes et aux autres, indifféremment, les mêmes méthodes ou prescrire les mêmes produits.

S'il est vrai que la décision de recourir aux moyens contraceptifs appartient exclusivement au couple, il est non moins vrai que personne d'autre, en dehors du médecin, n'est qualifié pour apprécier, après une visite méticuleuse, quelles peuvent être les contre-indications éventuelles à l'emploi de tel ou tel contraceptif, voire de telle ou telle méthode. En effet, seul le médecin possède en ce domaine, et exclusivement, la compétence.

D'autre part, de tout temps, et cette remarque ne sera, je crois, discutée par personne, le médecin a été un conseiller et un confident, et il est directement intéressé par la solution d'un problème qui touche aux sources mêmes de la vie.

Les différents amendements qui ont été acceptés aménagent d'ailleurs la procédure d'une façon qui donne satisfaction à la plus large partie du corps médical et qui est compatible avec les exigences, non seulement de la santé, mais de la sécurité des consultantes.

Par ailleurs, la proposition de loi permet un contrôle minutieux, tant de la fabrication que de l'importation et de la vente des contraceptifs et il appartiendra, selon le droit courant, au ministère des Affaires sociales de classer ceux-ci comme il convient dans tel ou tel tableau correspondant à leur catégorie.

Une réglementation particulière a été consacrée aux dispositifs anticonceptionnels intra-utérins, de telle façon que ceux-ci ne puissent être délivrés qu'aux praticiens autorisés. Évidemment, notre commission a également estimé nécessaire de réglementer sévèrement les dispositions antérieures, lorsqu'il s'agit de mineures de moins de dix-huit ans.

Il convenait aussi d'envisager les conditions de fonctionnement des établissements d'information, de consultation ou de conseil familial qui seront vraisemblablement rendus encore plus nécessaires par l'application de la loi, ainsi que l'agrément souhaitable à notre commission que ceux-ci puissent être contrôlés d'une façon effective par les pouvoirs publics qui ont la responsabilité de la santé publique.

Une très longue discussion s'est instaurée sur un problème fondamental, celui de l'information. En effet, en franchissant le pas de la régulation des naissances, il apparaît hautement nécessaire de considérer lucidement quels sont les impératifs qui découlent de cette décision. Notre commission, dans sa majorité, s'est ralliée aux thèses que je viens d'avoir l'honneur de soutenir.

En revanche, il a paru nécessaire d'établir une distinction entre ce qui est l'information et ce qui relève de la propagande antinataliste. C'est pourquoi l'article 5 réglemente sévèrement le domaine de la publicité.

Il ne suffit pas d'abroger les articles de lois qui sont dépassées et journellement violées. Dans ce vaste domaine de la régulation des naissances, il convient de mettre en place toute une législation appropriée. Cela ne se fera pas grâce au vote d'une seule proposition de loi, mais exigera une mise en place progressive de textes dont l'expérience démontrera la nécessité.

En outre, il est à peu près certain que le Sénat sera appelé à faire part, lui aussi, de ses suggestions et à modifier nos propositions auxquelles les règlements d'administration publique apporteront l'ultime retouche.

En effet, il faut bien dire que ce qui caractérise la France en matière de régulation des naissances, c'est le retard de la pensée sur l'action, le hiatus entre les principes dont se réclament les tenants de l'état actuel et la pratique perçue par l'homme de la rue.

Curieusement, à l'heure de la prospective et des grands changements, cheminent bien souvent les comportements à courte vue. Une tolérance accrue envers les modes de pensée et de comportement d'autrui, un effort de compréhension vis-à-vis de l'autre permettent maintenant aux hommes de bonne volonté d'accepter comme différentes de la leur, mais comme aussi respectables, les civilisations d'autres peuples dont les systèmes de valeurs sont fondés sur d'autres morales.

Un changement libéral de notre législation aura pour effet probable de faire rentrer dans la vie morale une question qui, insensiblement, en était sortie en raison de la contradiction permanente entre les attitudes implicites, dictant finalement le comportement réel, et les convergences des attitudes explicites, formant un bloc apparemment intégré, mais en réalité fortement fissuré.

Pour l'élévation du débat dans lequel nous sommes appelés à nous engager, il n'aura peut-être pas été inutile, au moment où la science, par ses gigantesques progrès, impose une éthique nouvelle, de rappeler que l'obscurantisme ne favorise ni l'équilibre moral de l'individu ni celui d'une nation.

C'est dans cette optique évolutive qu'il faut placer d'emblée le problème de la contraception en France si l'on veut, alors que la question est maintenant posée, lui donner la solution digne d'un grand pays. *(Applaudissements sur de nombreux bancs.)*

Chronologie*

1920 : *loi nataliste interdisant l'avortement, la contraception et la diffusion de toute information anticonceptionnelle.*

18 mai 1924 : naissance de Lucien Neuwirth à Saint-Étienne.

1942 : rejoint le général de Gaulle à Londres.

Juin 1944 : largué par planeur en Bretagne, il mène des opérations commandos au milieu des troupes allemandes.

7-8 avril 1945 : parachuté aux Pays-Bas, fait prisonnier, il survit au peloton d'exécution.

Octobre 1947 : élu conseiller municipal à Saint-Étienne (1947-1958).

30 novembre 1958 : élu député gaulliste de la Loire (constamment réélu jusqu'en 1981).

1960 : *fondation du Mouvement français pour le planning familial.*

1965 : *lors de la campagne présidentielle, François Mitterrand pose la question de la contraception, à laquelle le général de Gaulle est opposé.*

---

* Les événements historiques sont présentés en italique.

18 mai 1966 : symboliquement, Lucien Neuwirth dépose sa proposition de loi le jour de son anniversaire.
1967 : parvient à convaincre le général de Gaulle sur la question de la contraception.
1er juillet 1967 : *proposition de loi votée par une partie de la droite et l'ensemble de la gauche.*
19 décembre 1967 : *après la « navette parlementaire » entre l'Assemblée nationale et le Sénat, les deux assemblées adoptent le texte de la commission paritaire.*
28 décembre 1967 : *promulgation de la « loi Neuwirth ».*
Mars-avril 1972 : *parution des décrets sur le stérilet et sur les établissements de planning familial.*
26 novembre 1974 : Lucien Neuwirth s'exprime en faveur du projet de loi Veil lors de la première séance consacrée au texte.
4 décembre 1974 : *loi prévoyant le remboursement de la contraception par la Sécurité sociale et la fin de l'autorisation parentale pour les mineures.*
Mars 1979 : Lucien Neuwirth est élu président du conseil général de la Loire (mars 1979-mars 1985).
Juin 1981 : battu aux élections législatives.
25 septembre 1983 : élu sénateur.
1992 : réélu sénateur.
1999 : rapporteur de la loi visant à garantir le droit à l'accès aux soins palliatifs.

LES GRANDS DISCOURS

« Lançons la liberté dans les colonies »
Discours de G. J. DANTON et L. DUFAY, 4 février 1794
suivi de **« La France est un arbre vivant »**
Discours de LÉOPOLD SÉDAR SENGHOR, 29 janvier 1957
et de **« La traite et l'esclavage sont un crime contre l'humanité »**
Discours de CHRISTIANE TAUBIRA-DELANNON, 18 février 1999

« I have a dream »
Discours de MARTIN LUTHER KING, 28 août 1963
suivi de **La Nation et la race**
Conférence d'ERNEST RENAN, 11 mars 1882
Édition bilingue

« Yes we can »
Discours de BARACK OBAMA, 8 janvier 2008
suivi de **« Nous surmonterons nos difficultés »**
Discours de FRANKLIN D. ROOSEVELT, 4 mars 1933
Édition bilingue

« Du sang, de la sueur et des larmes »
Discours de WINSTON CHURCHILL, 13 mai et 18 juin 1940
suivi de **L'Appel du 18 juin**
Déclarations du GÉNÉRAL DE GAULLE, 18 et 22 juin 1940
Édition bilingue

« Le mal ne se maintient que par la violence »
Déclaration du MAHATMA GANDHI, 23 mars 1922
suivi de **« La vérité est la seule arme dont nous disposons »**
Discours du DALAÏ LAMA, 10 décembre 1989
Édition bilingue

« Demain, vous voterez l'abolition de la peine de mort »
Discours de ROBERT BADINTER, 17 septembre 1981
suivi de **« Je crois qu'il y a lieu de recourir à la peine exemplaire »**
Discours de MAURICE BARRÈS, 3 juillet 1908

« Vous frappez à tort et à travers »
Discours de FRANÇOIS MITTERRAND et MICHEL ROCARD, 29 avril 1970
suivi de **« L'insécurité est la première des inégalités »**
Allocution de NICOLAS SARKOZY, 18 mars 2009

RÉALISATION : NORD COMPO À VILLENEUVE-D'ASCQ
IMPRESSION : NORMANDIE ROTO IMPRESSION S.A.S. À LONRAI (61250)
DÉPÔT LÉGAL : AOÛT 2009. N° 100282-8 (1703087)
IMPRIMÉ EN FRANCE